Contes maritimes et bucoliques

Sophie Chalandry

Contes maritimes et bucoliques

Edition : BoD - Books on Demand
12/14 rond-point des Champs Elysées
75008 Paris
Imprimé par BoD – Books on Demand, Norderstedt
ISBN : 978-2-3222-42474
Dépôt légal : **décembre 2020**

Du même auteur aux Editions BOD :

Contes et nouvelles
Contes féériques et extraordinaires.
Nouvelles policières et mystérieuses.

Zérina à l'oreille en or, suivi du Dictionnaire et d'un Musée qui dort.
Le passage suivi de Gipsy, le petit teckel et L'héritier.
Une ville mystérieuse suivie de Le Lynchage et Le repos éternel.

Essais
Les grandes histoires de la mythologie.
Une histoire de la communication au travers de la création et de la transformation de l'espace public.
Les Salons des XVIIème et XVIIIème siècle.

Contact auteur : *sophie.chalandry@laposte.net*

Blog : *http://sophierichardlanneyrie.overblog.com/*

Robert, le garde forestier
et les lutins de la forêt enchantée

C omme chaque matin depuis près de 10 ans, Robert, le garde forestier, parti faire sa ronde dans sa forêt, comme il aimait l'appeler.

Cette forêt était située sur la commune de Lesbat, à quelques encablures de la ville de Morliers, où Robert se rendait parfois pour se distraire.

La forêt dépend du château de Chafras à laquelle les terres appartiennent. Le Roi en était fier. Tout comme il appréciait le travail remarquable de son garde forestier.

Âgé de trente ans, Robert avait fière allure. Il portait haut, avait le visage et le corps robuste. Il était bien bâti, tel un bucheron comme disait ses amis.

Grand et de solide stature, sa chevelure blonde, couleur des blés et ses yeux bleus comme la mer lui donnaient un petit air viking dont il s'aidait pour séduire les filles du village.

Depuis toutes ces années qu'il s'occupait du domaine, il en connaissait les moindres recoins. Pas une parcelle d'herbes ou de fleurs ne lui était inconnue. Il prenait plaisir à voir les animaux s'ébattre joyeusement sur ce terrain paisible.

Tous les animaux de la forêt le connaissaient et l'aimaient.

Il arpentait, chaque jour, les milliers d'hectares qui composaient cette forêt sans jamais se lasser. Ici, il aidait un petit écureuil blessé par une chute d'arbre en voulant rattraper son gland. Là, il portait secours à une biche qui s'était brisée la patte.

Robert s'attendrissait devant la naissance d'un bébé marmotte, regardait tendrement la valse amoureuse des cerfs, portait un regard attendrit sur une maman merle qui nourrissait ses petits.

Les fleurs et les arbres n'étaient pas en reste de ses soins : il taillait les rosiers, vérifiait l'état de santé des arbres et des arbustes, contrôlait la pousse des ronces.

Tous les êtres vivants, situés sur cette parcelle profitaient de sa tendresse et de son dévouement.

La forêt était ouverte à toute personne qui voulait s'y promener paisiblement. Il était interdit de la souiller ou de tuer les animaux qui y vivaient en paix. Ceux qui venaient arpenter les terres devaient s'en montrer dignes et les respecter.

Ce jour-là, donc, Robert partit faire sa ronde matinale. Le ciel était clair dispensé de nuages et d'un bleu ciel remarquable. Le soleil qui se levait à l'horizon commençait à poindre ses rayons. La journée s'annonçait belle.

Robert avait décidé de prendre le chemin principal pour voir comment se portait le chêne centenaire, fleuron de la forêt et terrain de jeux de nombreux enfants.

Alors qu'il approchait de l'endroit, des cris parvinrent à ses oreilles. Ils semblaient venir du fleuve qui coulait non loin de là et qui coupait la forêt du terrain entourant le château qui se trouvait sur l'autre rive.

Il pressa le pas.

Arrivé dans la plus proche clairière, il vit ce qui lui parut être un jeune enfant sur un radeau qui était emporté par le courant et qui ne savait pas comment revenir sur la rive. Sans doute, le radeau s'était-il détaché lors d'un jeu, entrainant le jeune garçon avec lui.

N'écoutant que son courage, Robert bondit, courut jusqu'au fleuve, ôta ses chausses et plongea dans la rivière au mépris du danger.

Il ne tarda pas à rattraper le radeau. Mais le courant était bien trop fort à cet endroit et voilà Robert emporté avec lui.

Il jeta un œil vers la rive. Il cherchait une branche à laquelle s'accrocher. De sa main libre, il effleura quelque chose : c'était une liane.

Sans bien comprendre ce que cette liane faisait à cet endroit au milieu de l'eau, il s'en aida en prenant appui sur elle pour tirer le radeau à la rive où la liane pour une raison inexplicable était attachée.

Sitôt le radeau près de la rive, le jeune garçon sauta sur la terre ferme et courut se cacher dans les bois. Il disparut, ainsi, promptement, sans que Robert n'ait pu lui dire un mot.

- Curieux comportement, se dit-il, en observant le radeau dont la confection le ravissait. Formé de rondins d'arbres réunis ensemble par de solides lianes, l'ensemble flottait à merveille.

Robert prit le temps de souffler un peu. Puis, il regagna son logis pour se sécher de crainte de prendre froid. En cette fin d'été, en effet, le temps devenait un peu frais.

Le temps passa sans que Robert revît le jeune garçon.

Au début, cette aventure l'intriguait. Mais, à force que le temps passait, il la remisa au fond de sa mémoire et continuait, chaque jour, à prendre soin de sa forêt.

Un matin, de très bonne heure, on frappa à la porte. Lorsque Robert ouvrit, qu'elle ne fut pas sa surprise de voir un petit enfant qui portait un bonnet vert sur la tête, lui tendre, sans mot dire, une enveloppe.

Sitôt qu'il l'eût prise, le gamin se volatilisa en se carapatant aussi vite qu'il put dans la forêt.

Robert regarda l'enveloppe. À l'intérieur, il trouva une feuille de papier sur laquelle étaient inscrits quelques mots :

- Rendez-vous, demain, à midi, devant le chêne centenaire.

Aucune signature. Aucune indication de la provenance.

- Un peu laconique, se dit Robert. Intrigué, il décida de se rendre au rendez-vous.

Le chêne centenaire était une curiosité de la région, les chênes n'étant pas adaptés au climat montagnard.

Le gland de ce chêne devait être succulent, car Robert avait remarqué qu'il était très prisé par les écureuils, les geais et les sangliers qui en raffolaient.

À minuit moins le quart, il se trouvait déjà devant le chêne centenaire se demandant encore ce qu'il faisait là et regrettant même d'être venu.

- Je suis stupide, se dit-il. Voilà que maintenant je viens à des rendez-vous mystérieux, alors que j'ai des tas de choses à faire. C'est sans doute une blague qu'on a voulu me faire, et moi j'ai marché !

Il commençait à s'impatienter et s'apprêtait à repartir.

Soudain, le chêne se mit à bouger, très légèrement. Robert mit cela sur le compte du vent. Mais, en tournant la tête, il vit, tout autour de lui, tous les petits animaux de la forêt qui semblaient l'entourer et attendre comme lui.

- Mais attendre quoi ? se demandait Robert.

Minuit sonna au loin. Le vieux chêne frémit à nouveau. Mais cette fois, une petite porte s'ouvrit juste au-dessus des racines et trois enfants en sortirent.

En les observant plus précisément, Robert se rendit compte de son erreur. Ce qu'il prenait pour des enfants était en fait… des lutins !

Il les reconnut, sans peine, à leurs petites oreilles pointues qui dépassaient de leur chapeau vert.

Il se rappela alors le petit garçon qu'il avait sauvé de la noyade, lui aussi avait les oreilles pointues, tout comme le messager qui était venu lui apporter la missive du rendez-vous !

Comment avait-il pu ne pas faire le rapprochement plus tôt ?!

Robert n'eut pas le temps de se perdre dans ses pensées, le lutin qui semblait être le chef prit la parole devant les animaux silencieux.

- Ami, dit le chef. Voilà des années que nous observons les bons soins que tu portes à cette forêt. Récemment, tu as sauvé l'un des nôtres d'une mort certaine, au péril de ta vie. Nous voulions te remercier pour cela.
- Je n'ai fait que ce qui m'a paru normal, sans réfléchir, dit humblement Robert.

- Justement, tu as agi avec ton cœur, reprit le chef des lutins. Dans tous tes actes, tu mets ton cœur et ta bonté.
- Je ne fais que mon travail, ajouta modestement Robert
- Tu fais plus que ton travail : tu aimes cette forêt et tous les êtres vivants qui s'y trouvent dit le chef des lutins d'un ton affirmatif. Tu fais ce travail avec amour.

Robert dodelina de la tête sans répondre.

- Aussi aujourd'hui, pour te remercier poursuivit le chef des lutins, nous allons t'offrir la plus belle chose que l'on peut offrir : l'amour !
- Mais l'amour ne s'offre pas ! rétorqua Robert, il se gagne.
- Oui, en effet, il se gagne, acquiesça le lutin. Mais nous allons te mettre sur le chemin de l'amour. Ou, si tu préfères, nous allons t'offrir l'amour en le mettant sur ta route.

Le lutin marqua une pause et regarda

Robert qui semblait perplexe.

- Tu es jeune, beau et bon, reprit-il, la forêt ne peut te suffire. Il te faut quelqu'un à aimer. Nous avons tous notre âme sœur quelque part dans le monde. Nous allons simplement aguiller vos chemins pour que vos routes se croisent. À toi ensuite, d'agir à ta guise.

Il fit une nouvelle pause. Tous les regards étaient portés sur lui. Il ajouta :

- C'est notre cadeau. Un cadeau précieux. Ne le gâche pas et sache le reconnaitre quand il se présentera à toi.

Sur ces mots, le chef des lutins regagna la petite porte située dans les racines du chêne, s'y engouffra, suivit par ses deux acolytes, puis ils disparurent.

Les petits animaux s'éclipsèrent. Robert resta seul, devant le chêne, abasourdi, se demandant ce qui venait de se passer.

Le temps passa. Avec lui les saisons : le printemps succéda à l'hiver. Les premiers bourgeons firent leurs apparitions. Sur les branches des arbres, les oiseaux et leur chant se faisaient plus gais. La nature reprenait sa place.

De son côté, Robert commença une nouvelle journée de travail. Il avait remarqué un tronc qui pouvait être dangereux pour les promeneurs sur le chemin principal et avait décidé de le déplacer.

Muni de sa pelle, il s'engagea donc sur le chemin principal, lorsqu'il vit arriver, devant lui, un magnifique cheval blanc. Sur ce cheval, se trouvait, assise en amazone, une superbe jeune fille aux longs cheveux blonds.

Robert s'arrêta. Son cœur s'emballa. Ses jambes fléchirent au point qu'il dû s'appuyer sur sa pelle. Ses mains étaient moites et des gouttes de transpiration perlaient sur son front.

Malgré son trouble, Robert s'avança au-devant de la jeune fille.

- C'est une chance de vous trouver messire, dit-elle, je crois bien que je me suis perdue !
- Je vais vous raccompagner, lui dit Robert en souriant

Il prit la bride du cheval lui faisant faire demi-tour et se dirigea vers la sortie du chemin.

Il n'osa dire un mot, la promenade se fit en silence.

Arrivé à la sortie du fourré, il reprit :

- Vous êtes sur le bon chemin maintenant. D'ici, vous pouvez vous rendre dans toutes les directions.
- Merci beaucoup messire, fit la jeune fille, je m'appelle Isabelle et vous ?
- Robert, répondit-il simplement.

Il regarda le cheval s'éloigner avec sa cavalière. Jamais il n'avait ressenti cela auparavant. Il lui semblait qu'il avait toujours connu Isabelle, qu'elle faisait partie de sa vie.

Il allait la rappeler, puis se ravisa : elle était trop loin maintenant de toute façon pour l'entendre.

Robert n'oubliant pas son travail et reprenant ses esprits retourna à ses occupations.

Les jours passèrent. Robert ne parvenait pas à ôter Isabelle de ses pensées. Il conservait son image dans sa tête nuit et jour, de façon presque obsédante. Il ne pouvait s'empêcher de revenir à l'endroit où il l'avait rencontré espérant la revoir. Mais en vain.

Il ne savait sur elle que son prénom, rien de plus. Il ne savait pas où elle logeait et ne pouvait donc pas la retrouver.

Alors qu'il désespérait de la revoir un jour, il la vit arriver devant lui, montant fièrement son beau cheval blanc.

Parvenue auprès de lui, elle le salua :

- Bonjour messire. Rassurez-vous je ne me suis pas perdue, cette fois. Mon cheval m'a entrainé par ici et je me suis dit que, peut-être, je vous y rencontrerai.
- C'est une bonne idée, lança Robert joyeusement. En effet, voyez-vous, je suis là.

Elle descendit de cheval.

- C'est vous qui vous occupez de cette forêt ? demanda Isabelle.
- Oui, acquiesça Robert, je suis le garde forestier.
- C'est ce que mon père m'a dit, confirma laconiquement Isabelle.
- Votre père ? demanda Robert intrigué.
- Je suis Isabelle de Hainaut, ajouta-t-elle comme en confidence
- Isab……La fille de…., bredouilla Robert
- La fille du roi, mon père, en effet, dit Isabelle en terminant la phrase de Robert.

Robert ne put prononcer un mot tant la nouvelle le surprit.

Isabelle descendit de sa monture.

- Montrez-moi un peu les environs, voulez-vous ? demanda-t-elle fièrement. Puis elle ajouta : Nous marcherons côte à côte, ce sera plus facile pour parler.

Robert, éberlué par ce qui lui arrivait, ne parvenait pas à répondre.

Ils marchèrent.

Robert montra à Isabelle les sentiers qui serpentaient jusqu'à atteindre de petits cours d'eau qui déferlaient en des cascades ondulantes. Ils surprirent des chevreuils et des cerfs aux cornes magnifiques.

Au bord de la rivière, ils aperçurent deux marmottent entrelacées qui, dérangées dans leurs ébats, disparurent de leur vue. Ils gravirent les recoins les plus secrets.

Robert expliqua à Isabelle combien il est difficile à la végétation de grandir, dans la région, en raison du climat neigeux et de l'ensoleillement variable.

Il lui montra les différentes espèces d'arbres : les feuillus et les conifères. Il lui fit apprécier la beauté des gigantesques hêtres dont les fruits sont très appréciés des mammifères et de celle du solide bouleau qui ne craint pas le froid et dont l'écorce est un utile allume-feu. Il lui expliqua l'utilisation du châtaignier en vanneries et pour le cerclage des tonneaux. Il la fit rêver devant la résistance du sapin et lui montra les différences et les ressemblances avec l'épicéa qui, tous deux, égaillaient leur soirée de Noël.

Robert lui montra même la cabane en bois que son père et lui avaient construite pour jouer au trappeur alors qu'il était enfant. Ils restaient là, tapis, des heures durant, à observer les animaux s'ébattre devant eux.

Le soir venu, Isabelle devait partir. Robert cueillit une rose et la lui tendit, sans dire un mot. Isabelle la prit en souriant. Puis elle remonta sur son cheval.

- Vous reverrai-je ? demanda Robert troublé.
- Peut-être, répondit Isabelle énigmatique.

Il regarda la rose qu'il venait de couper : la tige s'était reconstruite et de petits bourgeons apparaissaient déjà à l'extrémité.

- Encore un beau prodige, se dit-il, je vais finir par croire que cette forêt est enchantée !

Isabelle vint de plus en plus souvent le voir.

Ils passaient de longs moments ensemble, à partager leur pensée. Ils avaient de nombreux points communs, aimaient les mêmes choses, s'émerveillaient ensemble devant la nature si belle, si riche et si variée.

Un jour, Isabelle arriva plus tard que d'habitude.

- Je n'ai pas pu venir plus tôt, lui dit-elle simplement, et je ne peux pas rester.

Soyez au château, ce soir, à 19 h. Je vous y verrai.

- Au château, répéta Robert surpris.
- Oui à 19 h, n'oubliez pas, confirma Isabelle avant de tourner bride et de reprendre son chemin.

Robert n'oublia pas. Il s'était affublé de ses plus beaux atours et, à 19 h précise, il franchit le pont-levis qui menait au château.

Un chambellan l'accueillit.

- Je suis Robert, le garde forestier, se présenta-t-il.
- Ah oui, monsieur, dit le chambellan, vous êtes attendu.

Il suivit le chambellan et gravit les marches d'un large et haut escalier de marbre. Ils arrivèrent devant l'entrée d'une grande salle de bal dans laquelle se trouvaient déjà de nombreuses personnes.

Il chercha du regard Isabelle, mais ne la vit pas.

Il fut tenté de rebrousser chemin et de partir, lorsque le chambellan annonça :

- Le Roi et la Reine de Hainaut accompagnés de leur fille, Isabelle.

En voyant Isabelle, Robert reçut comme un coup de poignard dans son cœur. Elle était somptueusement habillée et arborait une magnifique robe, rose, dotée d'un large décolleté, cachée par un collier de perles. Ses cheveux blonds étaient attachés en chignon et surmontés d'un superbe diadème dont les pierres étincelaient à la lumière. Sur son cœur, Isabelle avait attaché la rose qu'il lui avait offerte.

Robert se sentit gêné. Il ne savait pas s'il devait écouter son cœur ou sa raison, rester ou partir vite et loin, très loin.

Il n'eut pas le temps de réfléchir, Isabelle, qui avait quitté ses parents, se dirigeait vers lui.

- Je voudrais vous présenter à mon père, dit-elle simplement.

Tous les regards se portèrent sur eux et les suivirent alors qu'ils marchaient en direction du trône où le Roi et la Reine les attendaient.

- Ainsi, dit le Roi, après qu'Isabelle ait fait les présentations, ainsi vous êtes celui qui fait vibrer le cœur de ma fille.
- Je ne sais pas votre majesté, répondit humblement Robert. Mais cela ne pourrait être, je suis votre garde forestier.
- Baliverne que tout ça, rétorqua le Roi, ce qui compte pour moi c'est le bonheur de ma fille. L'aimez-vous ?
- Elle occupe toutes mes pensées, majesté, répondit Robert en soupirant. Je ne peux m'empêcher de penser à elle, jour et nuit. J'attends fébrilement sa venue dans la forêt. Je…
- Bien, bien…, interrompit le Roi. Vous semblez très épris à ce que je vois. Il se tourna vers sa femme qui acquiesça d'un signe de tête. Si ma fille veut vous épouser reprit-il, nous lui donnons notre consentement.

Les choses allèrent très vite. Le mariage fut célébré quelques semaines plus tard.

Alors qu'il saluait la foule amassée sous le balcon où il se trouvait, les oiseaux volaient au-dessus de leur tête, jetant l'un des jonquilles, l'autre une paille, l'autre encore un pétale de rose.

Au loin, les petits animaux s'étaient rassemblés pour assister à la célébration. Robert les vit tous et leur sourit.

Il ne put s'empêcher de se rappeler cette phrase que le lutin lui avait dit :

- *Nous allons t'offrir la chose la plus précieuse qui soit : l'amour. À toi d'en faire bon usage.*

Soudain, un merle frôla la joue de Robert et laissa échapper un morceau de papier qui tomba sur le sol. Robert le ramassa. Sur le papier étaient écrits ces quelques mots :

- « *nous t'avons donné l'amour, à toi maintenant de le répandre autour de toi* ».

Le message n'était pas signé, mais Robert devina de qui il émanait : du chef des lutins bien sûr.

Il aurait voulu le rassurer, mais se dit qu'il le voyait surement.

À n'en pas douter, Robert avait bien l'intention de vivre heureux avec sa belle et de transmettre l'amour à tous ceux qu'ils fréquenteraient.

Le berger et l'agriculteur

Sur Isayel était berger sur la commune de Lores. Il possédait une centaine de moutons et de chèvres qu'il envoyait paitre aux champs et qu'il menait en transhumance dans les zones montagneuses.

Il aimait les longues marches dans la nature lors desquelles il se sentait communier avec les éléments. Il appréciait les paysages qui s'élevaient autour de lui comme une carte postale féérique avec vue sur le Mont des Groves.

Lors de la transhumance, il aimait observer, à loisir, les bouquetins, les chamois, les cerfs ou les marmottes qui se partageaient cet espace naturel fait de prairies et de forêts d'épicéas.

Isayel s'aidait de sa flute pour passer le temps ou bien jouait avec son fidèle et affectueux chien, Orchis.

La nuit, il rêvait en observant les étoiles et le mouvement des nuages. Il était heureux.

Un jour, il vit passer sur le champ où il se trouvait, un étranger qui lui demanda la direction de Charons. Isayel le renseigna.

Remarquant que le pèlerin paraissait épuisé, il lui proposa de faire une halte et l'invita dans son chalet, construit en pierre, avec sa toiture à deux pans, couverte de lauzes.

Il lui offrit de quoi se restaurer, autour d'un feu de bois et à dormir dans un vrai lit. L'étranger accepta.

Au matin, l'étranger remercia son hôte et reprit son chemin vers Charons.

Du côté d'Isayel, la vie reprit son cours entouré de ses moutons. Les mois passèrent, calmes et monotones.

Un jour, le pèlerin réapparut à la croisée d'un chemin et croisa, à nouveau, la route d'Isayel.

- Ohé Isayel, lui lança-t-il. Me voilà de retour. Vois comme mes affaires furent fructueuses !

L'homme trainait, avec lui, un âne qui portait deux lourdes sacoches qu'il ouvrit devant Isayel. Leur contenu émerveilla le berger : il y avait là des pierres précieuses, des tissus de soie, des pièces d'or à n'en plus finir.

Le pèlerin prit une bourse remplit de pièces d'or, et la tandis au berger.

- Voilà pour te remercier de ton hospitalité, lui dit-il simplement, avant de lui dire adieu et de continuer sa route.

Isayel, tout heureux de cette aumône bienfaisante, courut chez son frère Ezembard lui raconter son aventure et partager, avec lui, le contenu de cette bourse.

- Nous sommes frères, lui dit-il, nous devons tout partager en deux.

Son frère le remercia et le berger regagna son troupeau.

Les mois passèrent et même les années. Le berger voyait son troupeau s'agrandir et prospérer en même temps que sa famille. Brebis, agneaux, moutons et chèvres étaient en bonne santé. Il était comblé.

Jusqu'au jour où une épidémie ravagea le troupeau. Il perdit tout.

En plein désarroi, ne pouvant plus nourrir sa famille ni son fils, il se rendit chez son frère.

Ezembard était agriculteur. Il possédait de nombreux hectares de terre qui lui donnait, chaque année, des tonnes de blés, d'orges et d'avoines. Il pouvait bien l'aider, se dit Isayel en lui fournissant un peu de grains pour subsister, le temps pour lui de se refaire.

Mais il fut surpris de ne trouver chez son frère aucune sollicitude.

Celui-ci se plaignait des mauvaises récoltes successives qui l'avaient mis dans de gros problèmes financiers.

Il lui parla aussi de la difficulté de son métier : il devait se lever tôt, chaque jour, et travailler dur aux champs, pour gagner son pain pendant que lui, son frère, il jouait de la flute en surveillant ses troupeaux.

Il regrettait de ne pas pouvoir aider son frère, mais la situation était ainsi.

Isayel repartit donc, dépité. Il fallait trouver des solutions pour se sortir de ce pétrin qui semblait toucher également son frère.

Il décida de se rendre à Charon où il espérait trouver quelques travaux pour subsister alors que l'hiver approchait. Il craignait pour la santé de sa femme et de son fils.

À la ville, il fut accueilli chaleureusement par un maître-verrier qui recherchait une personne de confiance pour tenir sa comptabilité.

L'affaire fut faite rapidement, et voilà comment notre berger devint comptable temporaire.

Son travail lui assurait une subsistance qui lui permit non seulement de nourrir sa famille, mais également de mettre un peu d'argent de côté pour acheter des bêtes et reconstituer son troupeau décimé.

Il put ainsi acheter une dizaine de moutons ce qui lui permit de quitter la ville et de reprendre son travail de berger.

Il appréciait encore plus les longues périodes dans la nature qu'il avait connu la ville et le manque d'air pur.

Travaillant dur, son troupeau passant à 50 puis à 100 bêtes en l'espace de quelques années.

La vie reprit son cours dans la petite famille du berger.

C'est alors qu'une succession d'intempéries s'abattit sur la région détruisant les cultures. Pendant des jours et des nuits, la pluie de ne cessa de tomber occasionnant de graves inondations.

Le berger protégea ses bêtes, mais son frère, Ezambard, perdit toutes ses récoltes.

Il se présenta un matin à la porte de son frère, l'implorant de lui donner des bêtes pour lui permettre de nourrir sa famille.

- Tu m'as refusé de l'aide quand j'en avais besoin ! lui fit remarquer le berger.

- C'est que je n'avais pas de quoi t'aider, rétorqua l'agriculteur. Mais toi, tu as un grand troupeau et une bête de plus ou de moi cela ne te gênera pas tant que ça…

Isayel avait grand cœur, il donna deux moutons à son frère.

Mais, après une période d'accalmie, les pluies redoublèrent de plus belle. Son frère revint le voir pour lui demander, à nouveau, de l'aide. Isayel lui donna encore deux moutons.

C'est alors que le comportement d'Ezambard changea. Il se mit à boire. Au point qu'il ne pouvait plus assurer son travail correctement. Il lui semblait plus facile d'aller demander de l'aide à son frère plutôt que de se lever tôt pour aller travailler aux champs.

- Pourquoi me fatiguer, disait-il à sa femme, puisque mon frère a de quoi nous nourrir tous. Il suffit de lui demander.

Et c'est ce qu'il fit à nouveau après une période qu'il jugea honorable.

Il trouva Isayel dans la prairie, jouant de sa flute en surveillant ses moutons. Il s'approcha de lui et, lui exposant à nouveau ses difficultés, il lui demanda deux moutons.

Mais cette fois, la réaction de son frère le surprit : il refusa tout net.

- Tu n'as qu'à travailler, dit le berger à son frère. Et si l'agriculture ne te convient plus, fais comme moi, va à la ville et trouve un autre emploi.

Mais Ezambard ne l'entendait pas ainsi. Il invectiva son frère et repartit furieux regagner son logis.

Le soir venu, Isayel était tourmenté par la discussion qu'il avait eue avec son frère. Il s'en ouvrit à sa femme qui connaissait la bonté de son époux et lui conseilla de lui apporter un mouton et de faire la paix avec lui.

Isayel hésita.

Puis, quelques jours plus tard, il frappa à la porte de son frère. Il trouva sa femme, éplorée, assise sur une chaise, la tête dans les mains.

- Il est parti avec notre fils, s'enquit-elle. Il veut le vendre à un marchand pour avoir de l'argent. Il est devenu fou. Je suis désemparée !

Isayel tâcha de consoler la pauvre mère et décida de partir pour la ville chercher son frère et ramener son fils à sa mère.

Sur le chemin qui menait à la ville, il croisa, à nouveau l'étranger qui lui avait donné la bourse de pièces d'or, quelques années auparavant. Il revenait de la ville, toujours chargé et accompagné d'un baudet portant de grosses mallettes d'osier.

L'étranger le salua et lui confia une bourse.

- Mais pourquoi tant de générosité avec moi qui ne suis qu'un humble berger ? lui demanda Isayel intrigué.

- Parce qu'un jour, tu m'as aidé et qu'il faut remercier celui qui aide son prochain. Parce qu'un jour, on peut être content et soulagé d'être, à nouveau, aidé.

Et l'étrange pèlerin continua sa route. Le berger fourra sa bourse dans une poche de son manteau et continua son chemin vers la ville.

Un peu avant d'entrer dans la ville, il trouva son frère assis sur une pierre, la tête dans les mains, pleurant à chaudes larmes.

- Oh mon frère ! lança Isayel à Ezambard, que je suis bien aise de te trouver ici.

- Je ne suis pas digne d'être ton frère, lui dit Ezambard. Je suis venu vendre mon enfant, mon seul fils, à un marchand pour avoir de l'argent. Je ne pourrais plus jamais rentrer chez moi et regarder ma femme en face.

Isayel fut touché par la peine sincère de son frère. Il s'approcha de lui et lui murmura doucement :

- Viens avec moi. Allons chercher ton frère et le racheter à ce marchand.

- Mais je n'ai plus un sou !! s'exclama Ezambard en sanglot. J'ai tout perdu en m'enivrant et en jouant pour tenter de doubler mes gains ! Je suis un fainéant !

- Moi j'ai de l'argent, le rassura Isayel. Viens.

Et il tira son frère par le bras pour le forcer à se lever.

Ils se mirent en marche, côte à côte, et entrèrent dans la ville. Ils ne tardèrent pas à trouver le marchand.

Celui-ci refusa tout net de leur vendre le fils d'Ezambard, puis il se ravisa lorsqu'Isayel exhiba la bourse que le marchand lui avait donnée. Il accepta alors et alla chercher le garçon qui se jeta dans les bras de son père.

- Mon petit, dit Ezambard avec émotion, comme je suis content de te revoir. C'est grâce à ton oncle tout ça. Il ne faudra jamais oublier ce qu'il a fait pour nous. Promets-le-moi.

L'enfant promit.

Ils rentrèrent le cœur heureux et regagnèrent leur logis respectif.

Les deux frères décidèrent de s'organiser afin de s'entraider. Isayel demandait à son fils de garder son troupeau pendant qu'il allait aider Ezambard à semer les grains et bêcher la terre. Ils travaillaient dur. La femme d'Ezambard leur apportait leur déjeuner pour qu'ils gardent leurs forces.

Et, pendant ce temps, le fils d'Ezambard allait tenir compagnie au fils d'Isayel.

Le temps reprit son cours bien agréablement au sein des deux familles réconciliées. Il fut décidé de toujours procéder ainsi à l'avenir : chacun aiderait l'autre selon ses besoins.

Les deux enfants furent formés au métier de berger et d'agriculteur afin de pouvoir, plus tard, aider leur père et s'entraider.

Ainsi, le berger put retrouver son troupeau et l'agriculteur, sa terre.

Si vous passez par ce chemin un jour, vous entendrez un doux son de flute, signe que le berger fait paitre ses moutons dans les prairies et qu'il joue de la flute pour les surveiller, accompagné de son fidèle Orchis.

Et du haut de la plus haute colline de la ville, vous apercevrez son frère lui faire de grands signes de la main pour célébrer leur fraternité retrouvée.

Albon et le vol de bijoux

C'était l'effervescence sur le grand port d'Yroule. Les bateaux de croisière déchargeaient leurs passagers, heureux de découvrir le lac et son environnement. Les matelots avaient fort à faire.

Sur les terrasses bondées, les promeneurs flânaient ou s'asseyaient en terrasse des cafés ou des bars en sirotant une « chèvre » ou une liqueur des Arannys ou en buvant une bière ou un vin des Albrigos.

Heureusement, le temps était clément.

Une blanche colombe survolait tout ce petit monde comme pour les protéger et les aider.

Elle se posa sur l'établi de Botapon, mareyeur de son état. Il était entrain de faire ses comptes et salua l'arrivée de ce paisible compagnon.

Tous les jours, la colombe venait lui tenir compagnie et se posait sur une poutre non loin de lui.

Par habitude, Botapon lui faisait la conversation

- Alors ma belle, comment vas aujourd'hui ? lui demandait-il joyeusement.

Bien sûr, la colombe ne lui répondait pas, mais elle remuait sa petite tête comme si elle comprenait ce que lui disait le mareyeur.

Un jour que Botapon était occupé à faire la conversation à sa colombe, un étranger se présenta à lui. Il était vêtu de guenille et trainait avec lui un grand sac marin qui semblait assez lourd.

- B'jour, dit l'inconnu, j'voulais savoir si v'zaviez du travail pour moi ?

Le mareyeur l'observa du coin de l'œil.

- C'est que je n'ai pas trop de travail en ce
moment, répondit-il méfiant. Les
affaires sont difficiles, ajouta-t-il comme
pour se justifier.
- J'ferai n'importe quoi, insista l'étranger,
j'peux tout faire.
- Bon, dis le mareyeur, et bien il faut
caréner la coque de ce bateau là-bas.
Allez-y, vous pouvez commencer
maintenant.

L'homme ne se fit pas prier et se dirigea à
l'endroit indiqué par le mareyeur. Sans plus
tarder, il posa son sac marin et se mit à la tâche.

Le mareyeur l'observait de loin : il était
satisfait, l'homme semblait à l'aise dans ce
travail.

Chaque jour, l'étranger venait travailler. Il
était ponctuel et assumait son travail sans
rechigner.

Un jour qu'il était en train de poncer la coque d'un navire, un jeune garçon s'approcha de lui.

- Je m'appelle Albon, dit-il à l'étranger, et toi ?

C'était la première fois qu'on lui demandait son nom.

- Moi, c'est Palton, répondit l'homme.

Albon se promenait souvent sur le port. Il aimait trainer au milieu des marins. Il rêvait de haute mer, de voyage, d'évasion et surtout d'aventure.

Orphelin, il s'était construit une deuxième famille avec les marins.

Il revient très souvent parler avec Palton. Celui-ci lui racontait les aventures qu'il avait vécues, lui expliquait la vie du port ou comment caréner la coque d'un navire. Il lui parlait de la mer, des bateaux, des animaux marins.

L'enfant était enthousiasmé et dépaysé. Il passait ensuite ses nuits à rêver à toutes les belles histoires que Palton lui racontait.

Un jour, arriva dans le port un navire de croisière, nommé l'Élégant qui venait de baie de Talloys, « *La Perle du Lac* », où l'on peut admirer les eaux turquoise du Lac d'Annoky, face au Massif des Baurs.

Le paquebot, ayant subi une avarie, s'arrêta pour réparer.

Les passagers, tous des gens fortunés, profitaient des quelques jours d'arrêts du navire, pour se répandre dans la ville et la visiter.

Pendant les jours qui suivirent l'arrivée de ce navire, Palton ne réapparut pas au travail.

Botapon le chercha partout, il le fit même chercher par Albon, mais sans succès.

Les jours passaient, aucune trace de Palton.

Le navire de croisière étant réparé, il reprit sa route et quitta le port.

Quelques jours plus tard, le journal local titrait dans son numéro du matin : « *Vol mystérieux à bord de l'Élégant* ».

Et le chapeau de l'article de préciser :

« *De nombreux croisiéristes se plaignent d'avoir été volés. Des dizaines de bijoux et de pièces d'or auraient été subtilisés pendant le séjour du navire dans notre ville. La police enquête. Elle serait sur la piste d'un mystérieux individu prénommé Palton, qui aurait été vu à bord du navire pendant sa réparation. L'individu en question a été arrêté. Il est interrogé en ce moment même par la brigade maritime* ».

Le journal tomba dans les mains d'Albon. Il n'en crut pas ses oreilles. Il se rendit au poste de police de la brigade maritime pour avoir de plus amples informations.

Les policiers lui confirmèrent le contenu de l'article. Il lui précisa que son ami avait été transféré au bagne sans autre forme de procès. L'argent n'avait pas été retrouvé, mais pour les policiers, le dossier était clos.

Pour l'enfant, comme seule peut le faire la jeunesse, quelque chose sonnait faux, sans toute cette mascarade de justice.

Albon était certain que son ami était innocent.

Il savait que les bagnards étaient embarqués au départ de Toursy, sur le vapeur « Rhia », pour être emmenés au bagne de Naurey où se trouvait un des bagnes les plus réputé pour la dureté de sa discipline.

Albon voulait voir son ami avant son départ dans le fourgon qui l'emmènerait vers Toursy.

Le jour prévu, il arriva tôt pour apercevoir Palton. Lorsqu'il le vit, il lui fit de grands signes pour attirer son attention.

Palton le vit et lui fit un sourire.

Arrivé à la hauteur du jeune garçon, Palton lui cria :

-   J'ai rien fait !
-   Je sais lui, répondit simplement Albon.

Les prisonniers embarquèrent. Le fourgon quitta le port et le travail reprit.

Mais Albon voulait en avoir le cœur net.

Il alla voir un de ses amis, capitaine de bateaux, qui se trouvait justement sur le port et lui fit part de ses doutes sur la culpabilité de l'étranger.

Le capitaine sembla intrigué et conseilla à l'enfant de ne pas s'occuper de cela et de passer à autre chose.

Mais Albon insista.

Renseignement pris, il s'avéra que le bateau conduit par le capitaine organisait une croisière vers « *la Perle du Lac* » et devait croiser dans les eaux où se trouvait le navire de plaisance, « *l'Élégant* ».

Il fut donc décidé qu'Albon prendra place à bord.

Une fois parvenu tout prêt du bateau, le capitaine prit contact avec son homologue de « *l'Elégant* » et lui demanda d'autoriser Albon de monter à bord.

Albon n'entendit pas ce que les deux hommes se dirent. Mais, d'abord réticent, le capitaine de « *l'Élégant* » accepta.

Une fois à bord, Albon ne tarda pas à attirer les regards des croisiéristes. Ses habits et sa dégaine le firent vite remarquer. Mais, comme il connaissait de nombreux tours de magie, il finit par se faire accepter et fut invité à distraire les passagers durant leur promenade.

Tout se passa bien pendant quelques heures jusqu'à ce que le navire longe la côte d'Yroule.

C'est à ce moment qu'Albon s'arrangea pour mettre en panne le bateau afin qu'il soit obligé de gagner la côte et de s'arrêter au port.

Albon souhaitait que le navire se retrouve, dans les mêmes conditions, que la première fois.

Arrivée au port, il installa un sac marin identique à celui de Palton, près de la coque où l'homme travaillait.

Puis, il fit croire aux passagers qu'il voulait leur faire des tours de passe-passe et mit en place son stratagème.

Celui-ci consistait à placer, devant les hublots et sur les tables, des bijoux et autres pièces d'or et de voir ce qui se passait alors que les passagers étaient absents.

Les heures passèrent sans que rien ne se passe. Le bateau allait bientôt reprendre la mer quand soudain un cri s'éleva d'une cabine.

- Mon collier en or a été volé ! Mon collier en or !!
- Et moi, mes pièces d'or m'ont été subtilisées ! s'exclama une autre voix venant d'une autre cabine.

Et ce fut bientôt une déferlante de cri qui résonna, comme en échos, dans le navire.

Albon s'était précipité au son du premier cri. Le capitaine lui demanda des comptes. Il fut accusé.

Mais Albon lui rappela l'affaire Palton et lui demande de lui laisser faire une dernière expérience.

Dans une cabine, une pièce d'or fut posée non loin du hublot à l'instar de l'expérience menée précédemment.

Mais là, Albon resta tout prêt et surveilla la place, flanqué du capitaine qui ne le quittait pas des yeux.

Le temps passa.

Soudain, après plusieurs heures d'attente, une pie fit son apparition à l'intérieur du hublot.

Celle-ci, attirée par la brillance de la pièce d'or, la prit dans son bec et s'envola, munie de son précieux butin.

Le capitaine donna des ordres et muni d'une longue vue, il suivit le vol de l'oiseau.

Une fois son repère localisé, il partit à sa poursuite avec quelques hommes.

Il ne tarda pas à revenir avec la quasi-totalité des objets volés que la pie déposait dans le sac marin de Palton !

C'était l'effervescence sur le port. Tous se battaient pour avoir la dernière rumeur de la gazette locale.

L'article titrait : « *un enfant innocente un bagnard !* » et relatait l'histoire que nous venons de raconter.

Palton fut gracié et de retour à Aix-les-Bains, Botapon le rembaucha illico.

Albon venait tous les jours voir son ami. Et puis un jour, il embarqua sur un navire comme moussaillon pour vivre enfin des aventures dont il avait tant rêvé.

Toute sa vie, il se souviendrait qu'il ne faut jamais juger quelqu'un sur sa mine et qu'il faut suivre l'intuition de son cœur !

Table des matières